Les fantaisies & Baliverne

Richard Marnier & Aude Maurel

Sans un bruit,
Baliverne le serpent à sornettes,
sillonne la forêt.

— Sssapristi ! siffle t-il, j'aperçois la maison d'une petite souris...
Qu'est-ce qui pourrait la faire sortir ?
un canard à deux becs ?
une chèvre à lunettes ?

— Ah !
Çççça y est,
j'ai trouvé !

—TOC TOC TOC petite sssouricette !

—Qui est là ? demande la souris.

—C'est moi le **SSSAMEAU À TROIS BOSSES** !

—Ça alors ! s'étonne la souris,
un chameau à trois bosses ?
Je n'en ai jamais vu !

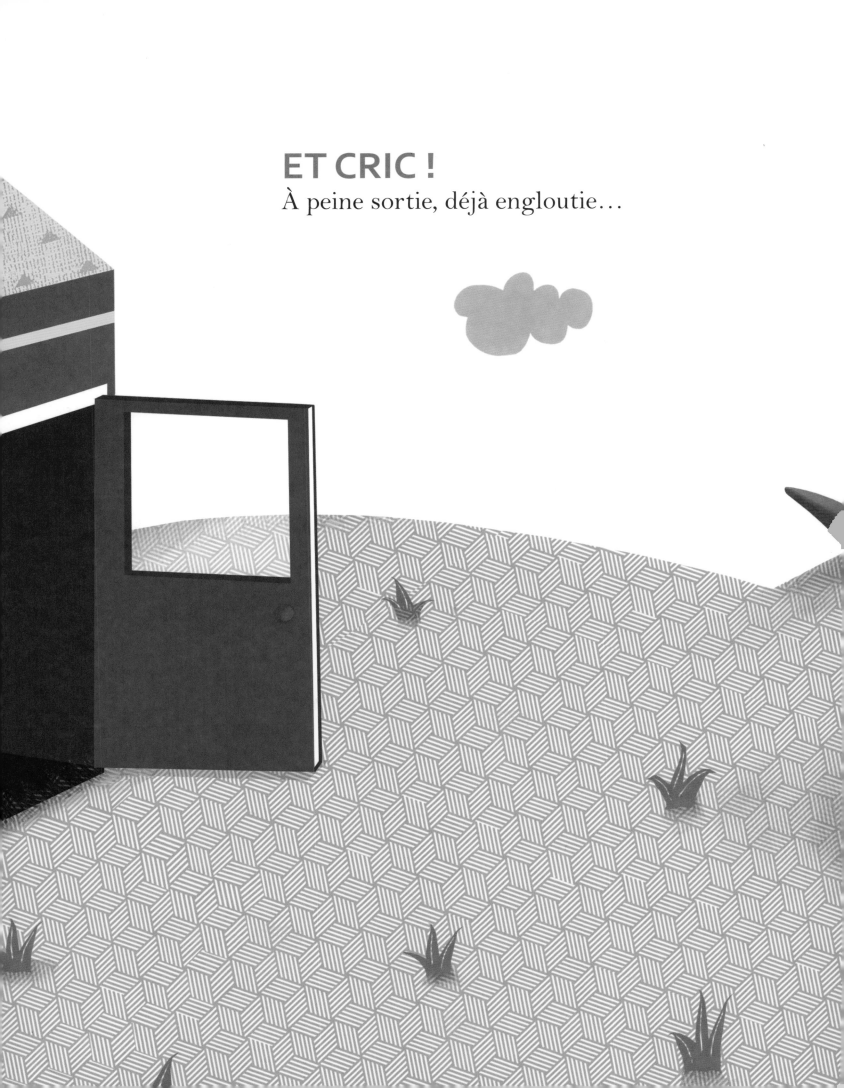

ET CRIC !
À peine sortie, déjà engloutie…

— C'était déliccieux ! savoure le serpent,
mais j'ai encore un énorme creux.

—TOC TOC TOC jolie grenouille !
—C'est pour quoi ? demande la rainette.
—C'est moi le **SSSANGLIER-CÉROS** !

— Un sanglier-céros ?
s'interroge la grenouille,
mais qu'est-ce que c'est ?

ET CRAC ! avalée.

— C'était sssucculent !
se délecte le serpent, mais j'ai encore un gros creux...

—TOC TOC TOC petit lapinou bien tendre !

—Que voulez-vous ? demande le lapin.

—Je suis **LA CAROTTE GÉANTE** et j'aimerais vous parler...

—Génial ! une carotte qui parle ! s'enthousiasme le lapin.

ET CROC ! dévoré.

— Quelle sssaveur !
se régale le serpent,
mais j'ai encore un petit creux…

— Sssalut les oisillons tout mignons !

— On ne doit parler à personne !
piaillent les oisillons.
En plus, on ne vous connaît même pas.

— Mais si voyons, je suis **SSSUPERPOULET !**
— Woouuuaah ! Superpoulet !
s'émerveillent les oisillons en relevant la tête...

ET CRIC, CRAC, CROC !
en trois bouchées, terminé !

— Huum, c'était bien croustillant !
se réjouit le serpent,
mais il me reste un creux à combler.

— TOC TOC TOC petite taupe si douce !
— Y a personne ! s'écrie la taupe.
— Si ! y a moi, le **SSSEVAL À DEUX TÊTES** !
— Et pourquoi pas la vache qui vole ?
réplique la taupe, je ne te vois pas maudit serpent,
mais je te sens et tu empestes le mensonge à plein nez !

— Voyons la taupe, dit Baliverne, soyons amis !
— Non ! on ne peut pas te faire confiance, va-t'en !

— Je m'en irai quand je t'aurai croquée !
siffle le serpent en brisant la porte.

—Te voilà bien avancé ! se moque la taupe,
maintenant que tu es coincé, recrache mes amis.
— JAMAIS ! je vais les digérer et ensuite ce sera ton tour...
— Ne m'oblige pas à réveiller la grande chouette, menace la taupe,
elle adore découper les serpents en rondelles avant de les dévorer.
—Tu ne ferais pas çççà ? s'inquiète Baliverne.
— La chouette est mon amie,
dit la taupe, je vais
la chercher de ce pas...

— Non, pas la chouette ! tremble Baliverne,
qui recrache aussitôt la souris, la grenouille, le lapin et les oisillons.

— C'est bien ! dit la taupe,
mais j'ai encore quelque chose à te demander...

—Allez Baliverne ! dit la souris, après le lion, fais-nous l'hippopotame...

—Qu'il est beau ! s'écrie la grenouille, on dirait un vrai.

—Maintenant Baliverne, s'exclame la taupe, ne bouge plus s'il te plaît !

Doucement, la petite taupe caresse le serpent et découvre
pour la première fois, la silhouette d'un hippopotame.
- Merci Baliverne ! dit la taupe, tu es vraiment un grand artiste !
tu pourrais faire de merveilleux spectacles...

— Quelle bonne idée !
s'enthousiasme le serpent, ça s'appellerait :
Les fantaisies de Baliverne !

— Il est temps d'aller se coucher !
dit la taupe, la grande chouette
va sortir pour chasser…
— Mais… s'étonne le serpent,
je croyais qu'elle était ton amie ?
— Eh non ! répond la taupe,
mon ami, **C'EST TOI, BALIVERNE !**

Les Fantaisies de Baliverne